vmn

Das Bayerische Schimpfwörterbuch

Bloß *g'scherte* Wörter
von Gerald Drews

Verlag Michaela Naumann

Gesamtherstellung: Danuvia Druckhaus Neuburg GmbH,
86633 Neuburg/Donau

Die Zeichnungen für dieses Buch stammen von
Lars Contzen, Nidderau.

13. Auflage, 2008

Die Deutsche Bibliothek – CIP-Einheitsaufnahme

Drews, Gerald:
Das Bayerische Schimpfwörterbuch /
von Gerald Drews. –
Nidderau : Naumann, 1991
(Schimpfwörterbücher)
ISBN 3-924490-23-6 NE: HST

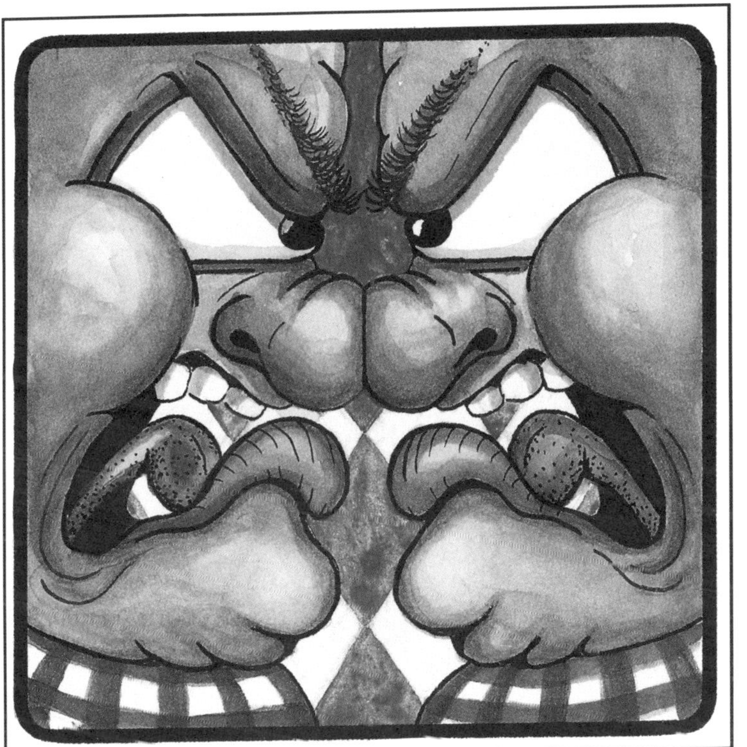

Luagabeitl – Gschwoischädl

Griaß Eich!

Also, meine Verlegerin hat gesagt, ich soll euch was über bayerische Schimpfwörter erzählen. Ich mein' zwar, die sprechen sowieso für sich. Aber weil ein Buch ohne Vorwort kein rechtes Buch sei, tu ich ihr halt den Gefallen. Fang' mer halt historisch an:

Schon die alten Römer, diese antiken *Gatzlmacha*, haben uns Bayern als »Räubergesindel« und »wilde und unzivilisierte und böse Barbaren« bezeichnet. Na und? Dieses süßliche, *hinterfotzige* Getue der anderen Rassen liegt uns nun einmal nicht. Wir sagen, was wir denken, wir bringen, wie man auf neudeutsch sagt, unsere Meinung auf den Punkt. Manchmal ist es der Punkt unter dem Kinn, der zum sogenannten »klassischen K.O.« führt. Sei's drum.

»Schimpfworte und Flüche von monumentaler Erhabenheit« bewundern Historiker an uns, habe ich nachgelesen. Kunststück! Jahrtausendelang haben wir es geschafft, unsere Feinde schon vor der Schlacht auf diese Weise einzuschüchtern. Übrigens probieren die es jetzt auch – von Wattenscheid bis Rostock, von Kaiserslautern bis Dresden.

»Zieht den Bayern die Lederhosen aus!« quäkt es durch die Stadien. Daß ich net lach'! Das ist doch weiter nichts als das berühmte nächtliche Pfeifen im Walde. Geht's her, ihr *Auftreiwa, wenn's Euch trauts, sakra! Buam, wanns raufen wollts, derfts as bloß sagn! D'Messa san gschliffa und d'Pratzn san gladn!* Und nächstes Jahr werden wir wieder Meister – net bloß im Fluchen, daß des klar is!

Wir gehen nämlich zur Sache. Aber anders als die *großfotzatn Breißn!* Bleiben wir beim Beispiel Fußball: Das fanatische Getue und der Kasernenhofton sind nicht unsere Sach'. Bei uns gilt nämlich Fair Play. Wir san lässig und souverän. Schon immer gewesen. So wie der Auge, der Maier Sepp, der Katsche und erst recht der Kaiser Franz. Da reicht doch die Drohung schon aus, damit der Gegner ins Hemd *bieselt.*

Und genauso ist es mit dem Fluchen. »Das Register aller bayerischen Schimpfnamen wäre ungeheuer lang und wunderbar zu lesen«, hat uns schon 1784 der Schriftsteller Johann Pezzl bewundernd zugestanden. *Pfeilgrad!* Welcher deutsche Stamm kann sich schon mit unserer Schimpfkultur messen? *Schaugt's es Euch doch bloß an, de Barawa!* Das meiste, was sie locker auf den Lippen führen, haben sie doch sowieso von uns *g'schtoin.*

Bluatige Hennakepf, wenn ich's schon hör' und lies', die *Benifizi* nördlich des Weißwurscht-Äquators, wo sie ihre *g'schissene* Weisheit herhaben. Aus der Disco, aus dem Theater oder vielleicht sogar aus der Zeitung. *Pfiffkas!* Keine andere Sprache ist so genau erforscht als wia die bayerische. Das kann ich Euch sogar beweisen: Da haben wir unseren Johann Andreas Schmeller (1785—1852), der das universelle »Bayerische Wörterbuch« geschaffen hat. Auf den sind wir besonders stolz. Der Ringeis Franz hat in unseren Tagen ein »Neues Bayerisches Wörterbuch« folgen lassen, mit neuen alpenländischen Begriffen. Und der Aman Reinhold — ein echter Professor! — hat sogar eine wissenschaftliche Arbeit über die bayerischen Schimpfwörter geschrieben.

Und jetzt haltet Ihr alle ein absolut brandneues Buch in der Hand mit rund 600 Begriffen, die einmal mehr beweisen: Der Bayer als solcher ist ein richtiger *Herrgottsakramenta* und besitzt den größten und einfallsreichsten Schatz an Schimpfwörtern von allen deutschen Volksstämmen. Ich könnte Euch jetzt noch einen Haufen *Schmarrn* erzählen über die bayerischen Regierungsbezirke und die Sprachgrenzen. Und ein paar *Klugscheißer* werden mir vorhalten, daß man meine Begriffe ganz anders schreibt und ausspricht und daß ich erwähnen soll, daß Bayern, ehe es 1805 ein Königreich wurde, mit »i« statt mit »y« geschrieben wurde und warum das alles sauwichtig ist. Aber das interessiert Euch vermutlich ungefähr so wie die Nachricht, daß in China ein Fahrradl umgefallen ist.

Ich hab Euch nämlich schon verstanden: Ihr wollt's was für die Praxis, zum Loslegen, gegen die Bayernfresser. Also: Bedient's Euch.

Aber halt! Nix für unguat: Ihr wißt's ja, daß wir im Grunde unseres Herzens eine liebenswürdige Rass' sind, wann man uns nur läßt. Aber ein ehrlicher Bayer nimmt eben kein Blatt vor den Mund. Der ist nicht so als wie die *siaßen Kniebiesla* aus dem restlichen Gebiet dieser unserer Republik. *Sakra!* (Soll heißen: Hugh, ich habe gesprochen!)

Euer Gerald Drews, der zwar keine einzige Lederhose besitzt, so gut wie noch nie gerauft hat, aber eine ganze Menge Leute kennt, die die hier aufgezählten Flüche auch wirklich anwenden.

Aufreißa

A

Aas, Widerling, hinterfotziges Wesen. Und zwar jeden Geschlechts.

Abbrennta, einer der abgebrannt, also pleite ist. Man sollte ihm keinen Pfennig leihen!

Abfoi, Abfall, auch menschlicher. *Du bist doch weita nix als wia a Haufn Abfoi!*

Abgstandnes Weibsbuid, alles andere als frisches weibliches Wesen.

Abikemmana, ein verwahrlostes, heruntergekommenes Wesen, *de Oide is a total Abikemmana!*

Abklaubte, eine Dame, bei der schon viele Männer die besten Früchte abgeklaubt haben.

Abkocha, Austrickser, mit allen Wassern gewaschener Geschäftsmann.

Aborttieftaucha, was einer bei derartigen Exkursen findet, ist klar: den letzten Scheiß. Und genau den hat er auch verdient.

Abschleppa, Aufreißer.

Abstauba, nimmt alles mit, Schmarotzer — auch oder gerade im zwischenmenschlichen Bereich.

Abtritt, Toilette. *Hier schtinkts wiea im Abtritt.*

Abziehbuidl, zum Original reicht es halt nicht, und meist ist auch die Fälschung noch armselig genug.

Adn, gschtingata schlechter Mundgeruch.

Afer, eine Dame, von der man nicht besonders viel hält. Genaugenommen: gar nichts!

Agen, Abfall. *Was hostn da scho wieda für an Agen baut?*

Alala, Dummkopf mit zwei linken Händen, linkser gehts nicht.

Amelei, Intelligenz ist für diesen Menschen *das* Fremdwort schlechthin.

Anschtandswauwau, der ist immer dann dabei, wenn er stört. Vermutlich, weil er selbst nicht in der Lage ist, zuzubeißen.

Apruiaff, einer, der in den 1. April geschickt wird. Aber es gibt eine ganze Menge Leute, für die ist das ganze Jahr der 1. April.

Ätschibetsch, Ausdruck der Schadenfreude. Man möge sich dazu noch die »lange Nase« vorstellen, die man dem Kontrahenten dabei macht.

Aufhocka, einer, der beim Geschlechtsverkehr die obere Position bevorzugt. Etwas weniger speziell gesehen: einer, der es nun mal für sein Leben gern treibt.

Aufmandla, einer, der Männchen macht und größer sein will, als er von Natur aus ist. *Mandl di net a so auf!*

Aufmischa, dümmlicher Schläger.

Aufmucka, einer der wagt aufzubegehren.

Aufmüpfiga, ist ständig anderer Meinung.

Aufreißa, der Märchenprinz aus der Provinz. Seine Aufreißversuche enden nicht selten mit einem blauen Auge.

Auftaklte, jenseits des guten Geschmacks aufgeputzte Dame, der Begriff stammt vermutlich von Tocke — einem alten Wort für Puppe. Oder auch von einer alten Fregatte, die ihre Takelage liftet.

Auftreiwa, Unruhestifter, Querulant.

Ausfratschla, Vorsicht! Diese Person hat die Eigenschaft, jemanden auszufragen, ohne daß man es merkt. Diese Typen waren einst bei der Stasi ziemlich gefragt.

Ausmista, der wurde extra in der Firma eingestellt, um einen Teil der Belegschaft »freizustellen« — ein »Sanierer« also.

Ausrichta, er erzählt wider besseren Wissens Schlechtes über andere Leute.

Aussigrasa, geht fremd wie das Rindvieh, das auf der Wiese vom Nachbarn grast.

B

Baamschui, Baumschule. *Du hast ja net amoi an Abschluß von da Baamschui!* Du bist total ungebildet.

Baaz, Schmutz, Dreck.

Baazi, Bazi, Kurzform von Lumpazius, abgemilderte Form von Gauner, Lump, Betrüger.

Babbn, Schimpfwort für Mund. *Hoit dei Babbn.*

Bach-Lienl, unbeholfener, dummer Mensch.

Bachera, Pisser.

Bachratz, Bachratte, Abschaum.

Badawaschl, geringschätzig für Friseur. *Vazöi doch dein Schmarrn deim Badawaschl!*

Badwandlfüaß, kurze O-Beine. Einer der bemerkenswertesten Vertreter dieser Gangwerke ist allerdings kein Bayer, sondern Fußballweltmeister Pierre Littbarski.

Bagasch, geringschätzige Bezeichnung für eine Gruppe von Menschen (von franz. bagage: Gepäck), die einem nicht besonders nahe steht — eben ein nichtsnutziges Pack.

Bäig, freche Kinder, meist die der Nachbarn. *Schaug da de Bäig oo!*

Bambs, ursprünglich dickes Kind, abfällig gemeint: *soichane Bambsn!* Im Grunde nichts anderes als *Bäig.*

Bämperl-, Vorsilbe für schlecht, geringwertig. *Jetzat seids endlich abgschtiegn mit eierm Bämperlverein!*

Bankat, ein »auf der Bank« gezeugtes uneheliches Kind. In früheren Zeiten mußte oft das weibliche Gesinde in die hölzerne Waagrechte. Das Ergebnis, neun Monate später, hieß: *Schaugts eich de Sau-Bankaten oo!*

Bär, Abkürzung von Saubär. Also jemand, der sich daneben benimmt, weil er entweder in der Öffentlichkeit rülpst, pfurzt oder besonders anzüglich gegenüber dem anderen oder eigenen Geschlecht ist. Auch die weibliche Schambehaarung trägt übrigens diesen Namen, vermutlich, weil sie so weich ist.

Baraba, Barawa, ursprünglich die Anhänger des Räuber Barabbas; Schimpfwort für alle, die sich nicht stromlinienförmig benehmen — Ausländer, Jugendliche, andere Verkehrsteilnehmer und so weiter.

Batznlippe, Schussel, Tolpatsch (Lippe ist die Abkürzung für Philipp).

Bauan-, fast immer geringschätzig gemeinte Vorsilben. Der ehrbare Bauernstand hatte nun mal den Ruf, kulturell nicht eben up to date zu sein. Das äußerte sich beispielsweise in Bezeichnungen wie

Bauandada, ein Landbewohner, der sich in der Stadt nicht zurechtfindet.

Bauanfimfa, Schimpfwort für die angebliche Landbevölkerung, wird gern im Straßenverkehr und am Stammtisch benutzt. Dürfte daher rühren, daß früher an manchen ländlichen Gerichten fünf Bauern als Geschworene eingesetzt waren.

Bauanhachtn, unsensibler Grobian, der wenig Rücksicht auf seine Mitmenschen nimmt.

Beißn, zeterndes Weib.

Beißzang, Steigerung von Beißn. Hier eine Kurzlektion des »chinesischen Bayerisch«: *Zang* — die Tochter, *Zang Zang* — die Mutter, *Beißzang* — die Schwiegermutter!

Beitl, gemeint ist hier vermutlich der Beutel, der den männlichen Wesen zwischen den Beinen hängt.

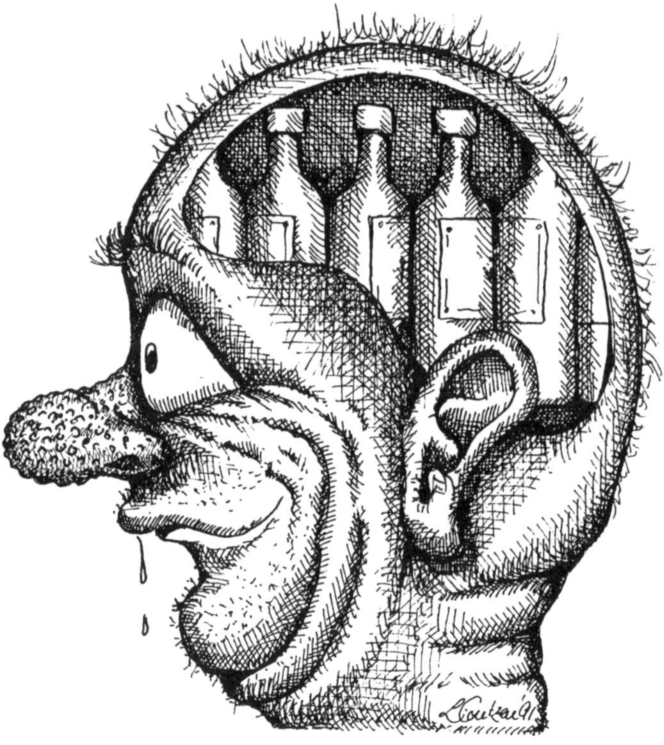

Biadimpfe

Beitlschneida, verlangt viel zu hohe Preise und schneidet damit dem Kunden den Geldbeutel auf oder ganz ab.

Belli, Kopf; im Fußballstadion oder Kino: *Dua halt dein Belli zur Seitn, ma siegt ja nix!*

Benifizi, glazate, *Großkopfate* (siehe dort) mit breitem Scheitel.

Besn, Besen, zerrupftes g'schlampertes Weib; oft eine, die es mit jedem treibt, bei der aber keiner bleibt, weil sie meist recht bösartig ist.

Betbruada, Betschwesta, scheinheiliger Mensch. Er betet zwar viel, die Christenpflicht der Nächstenliebe. Welche ihm im restlichen Leben jedoch ziemlich fremd ist.

Betthafa, Nachttopf, wenig charmante Bezeichnung für ein unattraktives weibliches Wesen.

Bettwanzn, Faulpelz, der morgens einfach nicht aus den Federn kommt.

Biadimpfe, hat sich aufgrund übersteigerten Alkoholkonsums um den Verstand gesoffen.

Bide, hohler, aufgeblasener Typ. Dazu gehören z.B. so manche Fahrer der eingestellten Sportversion einer Rüsselsheimer Automarke, deren Witze inzwischen nun allerdings wirklich niemand mehr hören mag.

Bimbas, Schädel, *jetzat hau i dir glei oans auf dein Bimbas!*

Binkl, fein gekleideter, aufgeblasener Geck, der sich selbst viel zu wichtig nimmt, *schaug da den feinen Binkl oo!*

Bislwassa, fad schmeckendes Getränk. *Des Bier schmeckt ois wiar a Bislwasser!*

Bißgurkn, Dame, die Haare auf den Zähnen hat. Und meist auch auf der Oberlippe.

Bixlmadam, diese Dame kann es sich eigentlich gar nicht leisten, gibt aber trotzdem auf Teufel komm' raus an. Das nötige Kleingeld für ihre Extravaganzen holt sie sich aus der Sparbüchse.

Bixn, Vulgärausdruck für Vagina, der oft auch für die gesamte weibliche Person verwendet wird. *Waas, mit dera Bixn laßt du di ein?*

Blädl, ein nicht gerade mit hohen geistigen Fähigkeiten ausgestatteter Mensch.

Blatschari, abwertend für alles Große (von *Blätschn*: großes Blatt); Bemerkung zu jemandem, der Akne hat: *Was host'n du da fia lauta Blatschari im G'sicht?*

Blembe, schales Bier. *Den Blembe koost selba saffa!*

Bluat, Ausdruck der unangenehmen Überraschung: *Bluatige Hennakepf!*

Bluatskerl, gerissener, unsymphatischer Zeitgenosse, der soeben wieder einen Coup gelandet hat.

Bluatssauarei, Unverschämtheit. Ausruf der absoluten Empörung.

Blunzn, fetter Hintern, oft aber für den ganzen Besitzer gültig. *Schleich di, du Blunzn!*

Bodschal, Tolpatsch.

Boin, Querkopf, der zu keinem Kompromiß bereit ist. Auch Angst (von Kot); *Roßboin* sind Pferdeäpfel.

Boinbruada, macht vor lauter Angst in die Hose.

Bosnickl, jähzorniger, gemeingefährlich-aggressiver Typ, mit dem nicht gut Kirschen essen ist, was ja dann auch keiner mehr macht.

Breanzla, Herumtrödler. *Jetz breanzl halt net allaweil so umananda!*

Breiß, der Preuße an sich: laut, kraftmeierisch, besserwisserisch, mit Popo-Scheitel und Ärmelschonern. Kurz und schlecht: ein Beamter aus den Miefstuben des vorigen Jahrhunderts. Leider auch heute noch nicht ausgerottet. Oder?

Brentn, Dame, die mit ihrem Übergewicht jede anständige Waage sprengt.

Bresten, Gebrechen, auch schmerzende Stelle oder kränklicher Zustand. *Was hast denn du für a bresthafts G'schau?*

Brettlebne, Weib, eben wie ein Brett, sprich: ohne attraktive Oberweite.

Briedschn, Dame mit eindeutigzweideutigem Ruf.

Broatarsch, jemand mit einem breiten Allerwertesten, in dessen Ritze man eigentlich ein Fahrrad abstellen könnte.

Brotladn, herablassend für Mund.

Bruada, nicht immer nur der leibliche, sondern auch jeder andere unzuverlässige Zeitgenosse. *Du bist mir so a staubiga Bruada!*

Bruathenna, langweilige Frau, die wie eine Glucke immer nur in den eigenen vier Wänden hockt.

Brumma, Mensch mit erheblichem Übergewicht. Sowas wie eine laufende Tonne.

Brunza, planlos in die Umgegend urinierender kleiner Pisser.

Bschieß, Bschiß, Beschiß, Betrug.

Bsundana, Besonderer, allerdings geringschätzig gemeint. *Da Schorsch is mir scho so a Bsundana!*

Bua, doikata Tolpatsch.

Bucklata, Buckliger.

Büffe, Mensch ohne große Manieren, Bauerntrampel.

Bummal, entweder ein besonders begriffsstutziger oder fülliger Mensch. Auch: das Letzte. Beim Kartenspielen (Sechsundsechzig) bekommt der Verlierer ein Bummal. *Oaner hot imma 's Bummal!*

Bürschal, junger Bursche. Wird ein älteres Mannsbild als Bürscherl bezeichnet, kann man davon ausgehen, daß ihm keine besonderen Leistungen zugetraut werden — weder auf geistigem noch körperlichen Gebiet. Oft als Drohung: *Wart nua, Bürschal, glei schewats!*

Bürschtla, deftige Bezeichnung für einen potenten Liebhaber. Wer ein weibliches Wesen *bürschtlt*, nimmt sie sexuell ziemlich grob her.

Bürschtnbinda, Da das Bürstenbinden eine recht staubige Angelegenheit war, hatten die Angehörigen dieses Berufsstandes meist reichlich Durst. Deshalb heißt es von jemandem, der den Suff liebt: *Der sauft wiar a Bürschtnbinda.*

C

Casanova, Schürzenjäger, der in Bayern nach Vorstellung der Touristen immer eine Leiter unter dem Arm trägt — um damit zu fensterln.

Chaotngschwerl, Anhänger der gegnerischen Fußball-Mannschaft.

Charaktasau, Eine Beleidigung für das entsprechende Borstenvieh. Denn das hat mit Sicherheit mehr Charakter als der mit diesem Schimpfwort titulierte Mensch.

Christkindl, reichlich naive Person.

Deckl

D

Dachara, Dieb, der stiehlt wie ein Rabe.

Dachtl, Ohrfeige. *Magst a Dachtl, Saupreiß, japanischa?*

Damischer, dämlicher Kerl, meist in Verbindung mit einem lieben Tier: *damischer Hund, damischer Aff.*

Dampes, Dampf, Suff. *Mei, hab i an Dampes g'habt!*

Danz, Tänze. *Mach koane Danz!* Mach keine Scherereien!

Däppal, kleiner Depp.

Dappi, zum Deppen geworden. *Der sauft si no dappi!*

Dätschnkopf, dieser hat einen Schlag mit der flachen Hand auf den Kopf bekommen und ist dabei vollkommen verblödet.

Dattara, im Endstadium hat sojemand die Alzheimersche Krankheit. Auf die Frage des Arztes, ob er viel trinke, muß er notgedrungen antworten: »*Naa. Des meara verschütt' i.*«

Dattl, einer, der ebenfalls nicht ganz dicht im Kopf ist.

Deckl, merkwürdiger Hut, *was hast nachad du fia an greißlichn Deckl auf deim Schwoikopf?*

Deifi, Teufel.

Deixl, ähnlich wie Deifi: *Pfui Deixl!*

Depp, beinahe schon ein internationales Schimpfwort. Man kann jedoch davon ausgehen, daß es in Bayern um noch ein paar Prozent häufiger benutzt wird als jenseits des Weißwurstäquators.

Diab, Dieb. *Du Diab, du hundsmisrabliga!*

Doagaff, keine Ahnung, was der Affe im Teig zu tun hat. Jedenfalls dürfte er dort genauso dumm aus der Wäsche schauen wie der so Gescholtene.

Dogblattl, im Tagblatt steht immer das Neueste. Und wer ein Dogblattl auf zwei Beinen kennt, braucht meist gar keine Zeitung – jedenfalls nicht für den Heimatteil.

Doidde, Dummkopf.

Dotschn, Ausdruck für eine tolpatschige, meist weibliche Person. Ursprünglich Kohlrübe.

Dracha, keifendes Weib.

Drack, besonders freches Kind.

Dranghofa, Schlampe.

Draufsitza, ein bayerischer Dagobert Duck, jemand, der auf seinem Reichtum sitzt und absolut nichts rausrückt.

Drehwurm, *Du hast ja an Drehwurm*, du bist nicht ganz dicht im Oberstübchen. Ursprünglich Wurmkrankheit bei Schafen.

Dreigschau, bleeds unintelligenter Blick.

Dreiquartlprivatier, armer Renter, einer, der nur drei Viertel soviel Pension bekommt wie der Durchschnittsbürger.

Drek, Dreck, *Drek am Stecka ham*, etwas ausgefressen haben. *Jetzt hast dein Drek im Schachtal*! Jetzt hast du die Quittung für dein Verhalten!

Drekbär, siehe: Bär.

Drekhamme, bedeutet ungefähr das gleiche, je nachdem, ob einer den Eber oder den Hammel für das schmutzigere Tier hält.

Drekhund, der ist auch nicht viel anders als *Dreckhamme* oder *Drekbär*, aber möglicherweise noch etwas hinterfotziger.

Dreksau, Steigerung des Schimpfworts Sau.

Drekschleidan, Mensch mit besonders frechem Mundwerk, der Dreck über andere schleudert.

Drewan, diese Frau nimmt es mit der Reinlichkeit nicht allzu genau.

Drud, alte Hexe.

Drutschn, tolpatschiges weibliches Wesen.

Dschoppal, hat leider vergessen, »Hier!« zu rufen, als der liebe Gott die Intelligenz verteilte.

Duin, *Watschn*, Ohrfeige. *Glei kriagst a Duin!*

Duitaff, beliebte Person, da man auf ihre Kosten Witzchen machen kann, ohne daß sie es merkt. Duit = Dult = Jahrmarkt.

Duitschinea, Weibsbild, das immer schön brav und dämlich hinter dem Manne hertrabt. Dulcinea hieß die heißangebetete Herzensdame von Don Quijote.

Dummal, einfältiger Mensch, fast schon liebevoll gebraucht.

Dünnschiß, Durchfall, auch: geistig wenig ertragreiche Einfälle.

Duttara, unreife, aber großsprecherische Person, die eigentlich noch an der *Duttn* hängen müßte.

Duttn, üppige weibliche Brust.

E

Ecknsteha, Tagedieb.

Eiblasa, opportunistischer Schöntuer, der anderen nach dem Mund redet.

Eikastlta, Eingesperrter, einer, der im Gefängnis sitzt.

Einagschmeggda, Zugereister, meist ein *Saupreiß*.

Eirissiga, jemand, der schnell eingerissen, beleidigt ist.

Eisackla, Mitglied der Partei der Nehmer. Wo auch immer er die Gelegenheit findet — er heimst ein.

Eischnacklta, jemand der für sein Leben gern plötzlich beleidigt ist: *Des is ganz a Eischnacklta!*

Eispeiba, noch eine Nummer Schlimmer als der Eiblasa. Ein Judas hoch zwölf.

Eita, großer Busen, Euter.

Eklhafta, um diesen unausstehlichen Menschen sollte man einen großen Bogen machen.

Elend, langs besonders lange und dürre Person. Man kann davon ausgehen, daß auch die Leitung lang ist.

Ellerbätsch, Ausdruck der Schadenfreude, wie Ätsch.

Enge, boaniga so beschimpfte der Engel Aloisius in Ludwig Thomas »Münchner im Himmel« den Engel, der keinen *Schmai* (Schnupftabak) mit sich führte.

Erbsnzählla, einer, der es übergenau nimmt. Nicht selten ein Vorgesetzter.

Erzdepp, besonders gelungenes Exemplar der Sorte »hirnrissige Menschen«.

Eschpas, übergroße Skepsis, die zum Hindernis werden kann. *Der hat doch gengs ois seine Eschpas.*

F

Fack, Ferkel, unanständiger Kerl.

Falott, Tunichtgut, übler Geschäftemacher; fallieren hat die ursprüngliche Bedeutung: bankrottmachen.

Fätz, schlampiges Weib.

Faxn, unnütze Show, Ausreden. *Loß de Faxn!*

Fega, eine so bezeichnete Dame hat nur Amüsement im Kopf und ist für solide Dinge nicht zu gebrauchen.

Fegeisn, Dieses Weib zankt entweder ständig herum oder ist dauernd auf Achse!

Fegn, Streithansl.

Fettn, unästhetische, überflüssige Pfunde. *Schaug da dem sei Fettn oo!*

Fetzn, von diesem Weibsbild sollte man besser die Finger lassen. Aber gemeint ist manchmal auch »eine ganze Menge«: *a Fetzn Rausch.* Also ab etwa drei Promille, was dem g'standenen Bayern allerdings in der Regel (fast) gar nichts ausmacht.

Fex, dem kann man nicht über den Weg trauen, weil er immer für einen Streich gut ist.

Fischaugade, das Geschau dieser Dame erinnert an reichlich *glubschäugede* Fische.

Flaschn, der rivalisierende Fußballclub ist die kleinste Brauerei der Welt, egal in welcher Liga: Er besteht aus elf Flaschn.

Flenna, Heulsuse.

Flitschal, ein solches weibliches Wesen nimmt es mit der Wahl der männlichen Begleiter nicht allzu genau.

Flitschn, die Steigerung von *Flitscherl*. Stirbt aufgrund von Aids jedoch immer mehr aus.

Fotzn, vier höchst unterschiedliche, jedoch nie schmeichelhaft angesprochene Körperteile und eine körperliche Handlung. Da wäre erstens der Mund: *Hoit dei Fotzn!* Dann das ganze Gesicht: *Mei, hast du a bläde Fotzn!* Drittens (und sehr ordinär) die Frau, so beschrieben anhand ihrer Vagina: *Schaug da de Dregfotzn oo!* Und viertens und letztens die Ohrfeige: *Magst a Fotzn?* Wobei dies schon fast die harmloseste Bedeutung dieses Allzweck-Schimpfwortes ist.

Freßsack, frißt viel und schnell.

Fretta, Sozialhilfeempfänger, der es im Leben zu nichts gebracht hat.

Frettn, Unterkunft, in der sich der oben Genannte *frettet*, also mehr schlecht als recht durchschlägt: windiges Häuschen à la »Neue Heimat«, auch Gefängnis. *In was für oana Frettn wohnst denn du?*

Fuchtl, schlampiges und wenig geliebtes Weib. *Geh ma bloß mit dera oiden Fuchtl*. Ursprünglich Peitsche. *Unta da Fuchtl stehen*, ein Pantoffelheld sein.

Fuchzga, *foischa Fuchzga*, hinterfotziger Kerl, ursprünglich Fünfzigmarkschein.

Fummla, Herumtapper oder Pfuscher. Wenn man es genaunimmt, haben es nur Pfuscher nötig, herumzutappen. Weil wir anderen ja etwas von Frauen verstehen …

G

Gankal, schlampiger Kerl, bei dem es zu Hause aussieht wie bei Hempels unterm Sofa.

Garneamd, Garniemand, eine Null.

Gassnbua, Gassndeandl, junges Gemüse, das sich auf der Gasse herumtreibt. Durch das rigorose Durchgreifen der bayerischen Sittenwächter allerdings mehr im Frankfurter oder Hamburger Bahnhofsviertel als in bayerischen Städten zu finden.

Gatzlmacha, einzig richtige Schreibweise einer diskriminierenden Bezeichnung für Italiener, da diese früher mit Gatzln (Schöpfkellen) und ähnlichem hausieren gingen. Das falsche »Katzelmacher« war immerhin der Titel des Filmes, mit dem Rainer Werner Faßbinder seinen Durchbruch als Regisseur hatte.

Gauschterna, der hat kein Ziel und wurschtelt vor sich hin; kommt vom französischen »gaster« für »verderben«.

Geizkragn, Geizhals.

Getratsch, nennt sich heutzutage »Informationsaustausch«.

Gfeita, einer, an dem (im unangenehmen Sinn) alles abprallt, der gegen alles gefeit ist.

Gfrieß, Gfriß, Gesicht. *Dem sei saubleeds Gfriß wenn i scho siehg!* (von Fresse).

Gibsche, Dickschädel.

Gifthafal, dieser Zeitgenosse zeichnet sich nicht durch gute Umgangsformen aus.

Giftnudl, uncharmantes Weibsbild.

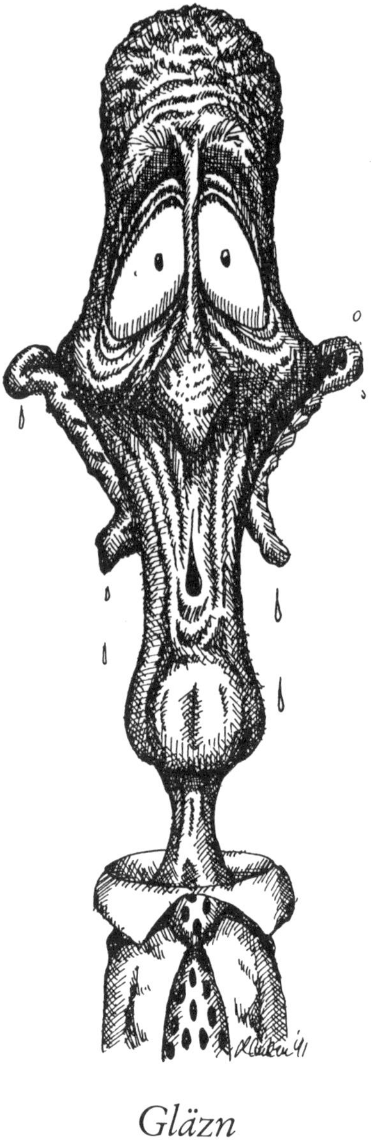

Gläzn

Gigal, ein Stenz, der sich herrichtet wie ein Pfau.

Gimpl, Dummkopf.

Glache, ungehobelter Kerl, aber auch Penis.

Glasscherbnviertl, in diesem Viertel sind die Fensterscheiben zerborsten. Von dort kommt das *Gschwerl*. Neudeutsch: Slums.

Gläzn, fader, wie ausgetrockneter Kerl; ursprünglich ausgedörrte Birne.

Gläznbene, Verstärkung von Gläzn.

Gloamta, den hat man sauber übers Ohr gehauen. Der ist auf den Leim gegangen.

Glockngspui, hängt dem Mann zwischen den Beinen. Und wenn er damit umzugehen versteht, hört die Frau die Glocken läuten.

Gloiffe, grobschlächtiges Mannsbild.

Glotzaugade, siehe *Fischaugade*.

Gmoadepp, Dorftrottel.

Gnagg, Dickschädel.

Goaß, dürre bei dieser Dame holt man sich blaue Flecken, da sie nur aus Haut und Knochen besteht. Auch der Gesichtsausdruck erinnert in vielem an eine Ziege.

Goggolori, Klassenkasperl, Betriebsnudel, ursprünglich ein sagenhafter, Streiche spielender Waldschrat aus der Gegend um Landsberg am Lech, wo auch der Autor dieses Buches zehn Jahre lang den Klassenkasperl spielte. Mindestens ein Jahr zu viel …

Göidsok, bösartiger Geizhals, der auf seinen prallen Geldsäcken sitzt. Teilen ist für ihn ein Fremdwort.

Goschn, herablassend für Mund: *Hoit dei Goschn!*

Grabnbach, wenn der Gerichtsvollzieher vor der Haustür steht: *Jetzt gehts Grabnbach zu!*

Graffl, Plunder, unnützes Zeug, *dua dei Graffl da weg!*

Grantlhuaba, Mürrischer, meist älterer Herr. Muß nicht immer Huber heißen.

Grattla, Angehöriger der Unterschicht, Tunichtgut. Die Gratte ist ein Handkarren, mit der ursprünglich Tiroler Hausierer durch die Lande zogen.

Greana, früher der Landpolizist, heute jemand, der ökomäßig daherschwätzt, was dem von Haus aus naturverbundenen Bayern reichlich suspekt ist.

Greizhalleluja, Ausdruck des Zornes und der Wut, wenn etwas nicht so läuft, wie es soll.

Grempe, unnützes Zeug, das sich oft zum Beispiel auf dem Dachboden findet; von *grempeln:* handeln.

Gretl, eine Frau, die mit *Gretl* angesprochen wird, kann darüber nachdenken, ob man sie beleidigen oder bemitleiden will.

Griasgram, dieses Mannsbild ist mit Sicherheit nicht gut aufgelegt.

Griffe, herablassend für Finger: *Laß deine Griffe weg!* Kommt von greifen.

Grind, abfällig für Kopf: *Dua dein Grind da weg!* Ursprünglich Kopfhautschorf.

Großkopfata, reicher, mächtiger und (meist) arroganter Mensch.

Gruascht, durcheinanderliegender Kram.

Gschaftlhuaba, Windbeutel, der viel Lärm um nichts macht und alle anderen mit seiner Wichtigtuerei nervt.

Gschearta, ordinärer, grober, gemeiner Mensch. Leibeigene Bauern mußten früher mit geschorenen Haaren herumlaufen. Heutzutage erlebt man die *Gscherten* jedoch vor allem in der Schicht der »Neureichen«.

Gscheithafal, der hat die Gescheitheit mit dem Löffel gefressen.

Gschlamp, unaufgeräumtes Zeug. Bei halbangezogenen Damen sagt man gelegentlich: *De hängt ihr Gschlamp 'naus!*

Gschlare, mit diesem Windhund sollte man sich nicht ernsthaft einlassen.

Gschleaf, diese Dame steht nicht im besten Licht. *Was hast denn da für a Gschleaf dabei?* Ursprünglich mitgeschlepptes Gesindel.

Gschloaf, schlampig mit sich geführtes Gepäck.

Gschmarr, Geschwätz.

Gschmatz, Schmatzen beim Essen, aber auch Geschwätz. Manchmal ist der Unterschied nicht zu erkennen.

Gschmoaß, zwielichtiges Volk, mit dem man lieber nichts zu tun haben möchte.

Gschnappige, freches, vorlautes oder schnippisches weibliches Wesen.

Gschreibsl, Schriftgut, das unleserlich oder gering geachtet wird. Findet sich oft in einschlägigen Blut-und-Busen-Illustrierten wieder, nicht jedoch in diesem Buch!

Gschwafe, Geschwafel, Geschwätz.

Gschweal, schlimme Sippe.

Gschwoidl, er gehört zur großen Schar von Dummköpfen.

Gschwoikopf, Gschwoischädl, aufgedunsener Kopf, beziehungsweise der dazugehörige aufgeblasene Kerl. Siehe auch *Großkopfata*.

Gsief, Gesöff; etwas, das alles andere als angenehm schmeckt.

Gsoach, Geseiche, Geschwätz.

Gsöi, nicht sonderlich zuverlässiger Mensch. *Dees werd ma so a Gsöi sei!* Von Geselle. Ähnlich wie *Bsundana* (siehe dort).

Gsoifa, Geseire, hohles Geschwätz.

Gstinkata, Faulpelz. *Dees is a ganz a Gstinkata!*

Gurgl, *Bißgurkn* (siehe dort). *Schaug da die Gurgl oo!*

Gwaff, geringschätzig für Mund oder Gesicht. *Hoit dei Gwaff!* Ursprünglich heißt waffen »verächtlich reden«, auch: *Hoit dei Waffn!*

H

Hachl, grobschlächtiger Kerl ohne Manieren.

Hachtn, Grobian.

Hadalump, misarabliga durchtriebener Gauner. So bezeichnet im übrigen die hochverehrte Maria Filser ihren lieben Gatten, den königlich-bayerischen Abgeordneten Jozef Filser aus Mingharding, dessen berühmter Briefwechsel bei Ludwig Thoma nachzulesen ist (inklusive unzähliger bayerischer Schimpfwörter).

Hadan, verkommenes Weib, ursprünglich Lumpen. Der ebenfalls geläufige Haderlump ist demnach doppelt gemoppeltes »hölzernes Holz«.

Hafa, wenig attraktives weibliches Wesen, ursprünglich Tiegel oder Topf.

Haglbuachana, ein ungeschliffener Kerl ohne Benimm, so wie die harte Hagelbuche.

Hallodri, Bruder Leichtfuß, dem alles mögliche, nur nichts Vernünftiges zuzutrauen ist. Von »Alloria«, griechisch für »Unfug«.

Hamme, ob der Hammel so rücksichtslos ist, wie der mit ihm verglichene Mensch, sei dahingestellt. So »gschtinkat« ist er auf jeden Fall.

Hampara, ein liederlicher Mensch, der in ärmlichen Verhältnissen haust.

Hanswurscht, Pantoffelheld, einer, der nichts zu sagen hat. Und das nicht nur zu Hause bei seiner eigenen Frau.

Haschal, armes meist durch eigene Dummheit in Not geratenes weibliches Wesen.

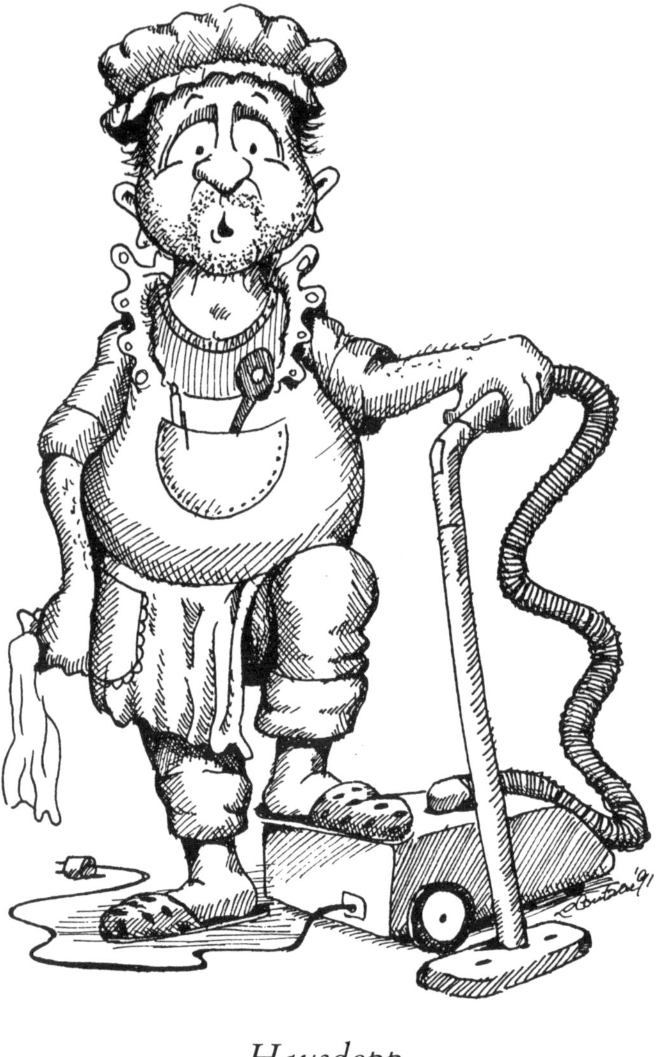

Hausdepp

Haudara, ein verhutzeltes Männlein, das nur aus Haut und Knochen besteht; eine Flasche halt.

Hausdepp, der »Libero« fürs Grobe, der die ganze Arbeit übernehmen muß, die sonst niemand machen will. Meist der Ehemann.

Hausdracha, streitsüchtige Weibsperson. Meist die Ehefrau. Aber auch Schwiegermütter oder Haushälterinnen eignen sich für diese Rolle. Jedenfalls in pseudobayerischen Theaterstücken.

Hausierakopf, ein Hausierer gehört meistens zu den minderwertigen Berufen. Wer einen solchen Kopf aufhat, wird also eher zu den minderwertigen Zeitgenossen gerechnet.

Heigeign, knochiges, hochaufgeschossenes Weib, das in Bayern wenig begehrt ist. Da hat man lieber was Fleischiges zum Festhalten.

Heislschleicha, einer, der sich heimlich auf die Toilette schleicht, um sein Geschäft zu verrichten. Ein Schleimscheißer und Arschkriecher eben.

Hemaritnschaukel, die Hämorrhoiden-Schaukel, diese alte Rostlaube, kommt beim nächsten Mal sicherlich nicht mehr durch den TÜV.

Henna, gschupfte überkandidelte Weibsperson mit leichter geistiger Macke.

Hennafraß, den gibt es in Fast-Food-Restaurants, aber manchmal leider auch hin und wieder in Dreisternerestaurants.

Herglaffana, ein Dahergelaufener, meist ein *Saupreiß* oder einer aus dem verfeindeten Nachbardorf.

Herrgottsakramenta, der ist uns überlegen und das stinkt uns natürlich.

Herrschaftseitn, dieser Ausruf steht eigentlich für alles, nur nicht für was Gescheites.

Hex, die Hexe als das raffiniert Weibliche an sich. Und das ist dem Mann ja bekanntlich höchst suspekt und fremd.

Hiasl, Dummkopf.

Himmiherrgottsakramentkruzefixhallelujamileckst-amoaschscheißglumpvarregts! In den 70er Jahren hunderttausendfach an den Hinterteilen deutscher Autos anzutreffender Fluch, der den Zeitgeist auf den Punkt brachte. Übrigens »erfunden« von dem Münchner Wilhelm Albert Liebl, der von Beruf Glasbläser und Poet ist und den zu kennen für den Autoren eine große Ehre bedeutet.

Himpehampe, blinder Aktivismus, viel Lärm um nichts.

Hinagl, Einfaltspinsel.

Hintafotz, heimtückischer Zeitgenosse, mit Vorsicht zu genießen.

Hoanagl, wer von diesem Mannsbild Takt und Gefühl erwartet, verlangt zu viel.

Hoibschaariga, unzuverlässiger Zeitgenosse, der gern den feinen Maxe herauskehrt, ohne daß in Wirklichkeit viel dahinter ist.

Hoiskrankheit, krankhaftes Geltungsbedürfnis; es rührt von dem Wunsch her, einen Orden um den Hals gehängt zu bekommen. Manche dieser Ordensträger verdienten allerdings eher den Strick …

Hoizfuchs, heimtückisches Mannsbild.

Hund, durchgwixta, mit allen Wassern gewaschener Gauner.

Hundatfünfasiebzga, als es den § 175 noch gab, der Homosexualität unter Strafe stellte, bezeichnete man so die Homosexuellen.

Hundsa, Schleifer, der Menschen schlecht wie einen Hund behandelt.

Hundsbua, Lausbub.

Hundskrüppe, vorlauter Kerl, siehe auch: *Krüppe.*

Hupfa, junga einer, der noch nicht trocken hinter den Ohren ist. *Schaug da den junga Hupfa oo!*

I

Ingreisch, Eingeweide. *Wannst so weidamachst, reiß i da dei Ingreisch raus!*

Intahosn, Unterhose. *Was wuist denn, du vollgschissene Intahosn?*

Iwe, Übel. *Mir is iwe, i kotz in Kiwe!*

J

Jochgeia, Lämmergeier. *Plärr net so herum ois wia a Jochgeia!*

Jodl, grobschlächtiger, stiernackiger Mensch; beliebter Name für Stiere, ursprünglich Kurzform für Jakob oder Georg.

K

Kaas, Dummheit. *Der vazapft doch bloß Kaas!*

Kaasloabal, an den ist noch nie Sonne hingekommen. Aber es gibt ja auch vornehme Blässe ...

Kache, leichtes Mädchen; ursprünglich Vulgärausdruck für Scheide.

Kambbe, junger Mann, der sich noch die Hörner abstoßen muß.

Kamoppe, Tolpatsch.

Karfreitagsratschn, besonders tratschsüchtiges Weib.

Kaschpal, den nimmt keiner für voll, weil er bloß Blödsinn verzapft. Zu einem anderen Autofahrer: *Schaug da bloß den Kaschpal vor uns oo, wia dea deppat fahrt!*

Kaschpalkopf, selbstgschnitzta dümmlicher Dauergrinser.

Keifzanga, keifende Alte.

Kerznlcichta, Tolpatsch, mit dem keiner etwas zu tun haben will.

Kirchaliacht, wem es an geistiger Substanz fehlt, der *is koa Kirchaliacht!*

Kirchweih, jemanden auf die *Kirchweih* zu laden, bedeutet, ihn zum Götz-Zitat aufzufordern: *Leck mi doch ...* Den Rest muß man eigentlich nicht mehr aussprechen.

Knickata, Geizhals.

Kniebiesla, der hat vom richtigen Leben noch keine Ahnung.

Knocha, von diesem hartherzigen Menschen ist bestenfalls ein abgefieselter Knochen zu holen.

Koibskopf, Kalbskopf. Großer, aber inhaltsarmer Kopf.

Koirabiapostl, Öko-Freak, der es darauf anlegt, andere von seinem Zurück-zur-Natur-Fimmel zu überzeugen.

Konixl, Nichtskönner.

Krampfhenna, ein dummes, zweibeiniges, meist weibliches Huhn, das jede Menge Unsinn daherredet.

Krattla, diese Herrschaften haben noch nie ein Nobelrestaurant von innen gesehen. Ihnen fehlt einfach die feine Lebensart.

Krautara, armseliger Alter.

Krautscheich, wer sich aussehensmäßig zur Vogelscheuche im Kohlfeld eignet, ist mit diesem Ausdruck bestens bedient.

Krautstampfa, kräftige Wadln, die sich dazu eignen, Kohlköpfe zu Sauerkraut zu stampfen.

Kriacha, siehe: *Oaschkriacha.*

Krischpal, als solches läuft man ständig Gefahr, anderen quer vor der Nase zu hängen, wenn die tief einatmen, so klein und schwach ist man.

Krugga, altes, unsymphatisches Weib, das an Krücken geht.

Krüppe, Krüppel und als solcher raffiniert und durchtrieben genug, um aus seinem Schicksal Kapital zu schlagen. *Krüppe, luftgselchta!*

Kruzifix, einer der meistgebrauchten bayerischen Flüche. Es ist halt schon ein Kreuz mit so manchen Sachen. Siehe auch: *Sakrament.*

Kruzifünfal, Gottesfürchtige oder abergläubische Leute entschärfen auf diese Weise den Fluch *Kruzifix.*

Kuabritschla

Kruzinäsn, eine weitere Entschärfung.

Kruzitürkn, eigentlich auch eine Entschärfung, wird durch die Diskriminierung eines anderen Volkes allerdings wieder zur Verstärkung.

Kuabritschla, armseliger Bauer, der nur eine Kuh hat.

Kuchamensch, oaaugades einäugiges Küchenmädchen — also sowohl vom Stand als auch vom Aussehen her ohne besonderen An- und Liebreiz.

Kund, an und für sich ist der Kunde ja König. Dieses Schimpfwort besagt jedoch, was so mancher Kaufmann in Wahrheit von seinen Kunden hält - nämlich gar nix!

Kreizweis, wer mit der »einfachen« Götz-Aufforderung, der *Kirchweih* (siehe dort), noch nicht zufrieden ist, der kann sich auch *kreizweis am Oarsch leckn* lassen.

L

Labara, einer, der nur dummes Zeug daherredet.

Lackaff, aufgemotzt wie aus dem Modemagazin, aber mit einem Gesicht wie aus dem Zoo.

Lackl, weil der französische General Melac im 17. Jahrhundert im Auftrag Ludwigs XIV. die Pfalz verwüstete, wird heute in Bayern mehr oder weniger jedes grobschlächtige Mannsbild mit seinem Namen tituliert.

Laddial, Depp.

Laff, Laffe, Geck, Kurzform von Lackaff.

Lahmarsch, einer, der seine vier Buchstaben nicht in die Höhe kriegt, sozusagen ein *Lätschabene* im Quadrat.

Lalla, Lalli, Dummkopf, der nur albernes Zeug lallt.

Landpomaranzn, Mädchen vom Lande, dem man auf den ersten Blick ansieht, daß die Stadt eine Nummer zu groß für es ist. Die Pomeranze ist eine saure Zitrusfrucht, die in Indien und im Mittelmeerraum angebaut wird.

Lapp, läppischer Tropf, mit dem man sich einen Spaß machen kann.

Larva, Larvn, ein (meist attraktives) Gesicht, dessen Besitzer(in) jedoch nicht zu trauen ist. *De hat bloß a schöne Larva!*

Lätschabene, Lätschnbeppe, der dazugehörige Typ, verbunden mit den Koseformen der Namen Benedikt und Josef.

Latsche, langer Lulatsch, der nicht nur aufgrund seiner Körpergröße etwas schwerfällig von Begriff ist.

Lätschn, dummes Gesicht.

Lattirl, Dummkopf, vermutlich steckt der Wortstamm »Tor« in diesem Schimpfwort.

Lauskerl, raffiniertes, durchtriebenes Mannsbild.

Leffe, junger Bursche ohne Manieren.

Lewantina, kleiner Gauner.

Liagnschibbe, einer, der sich mit kleinen Lügereien durchschlägt.

Loamsiada, weil das Leimsieden alles andere als eine spannende Tätigkeit ist, handelt es sich hier um ein äußerst fades, meist männliches Geschöpf.

Loandio, wer keine Kraft hat, der muß sich anlehnen: Lehn dich an.

Loda, wer sich auf ihn verläßt, ist verlassen.

Löffewirt, die Ohren des Hasen heißen Löffel. Besitzer auffälliger Ohrwatschl bekommen diesen »Kosenamen« zu hören.

Luada, ist der lateinische Wortstamm »ludus« (Spiel) noch harmlos, so gilt das mannstolle und raffinierte Weib, das mit diesem Begriff tituliert wird, nur selten als gesellschaftsfähig. Ein *hinterfotziges Luada* ist ein heimtückischer Mensch, der sein wahres Gesicht, seine *Fotzn*, verbirgt.

Luagabeitl, Lügner der besonders abgefuckten Sorte.

Lump, hunzheitana besonders ausgeschämtes Exemplar der Gattung Mensch.

Lump, odrahta fast schon ein Kompliment.

Lumpn, manchmal sieht man es dem mit diesem Begriff titulierten Bekleidungsstück nicht an, daß es aus dem Hause »Lagerfeld« stammt.

Lungaharing, Schleim, den man geräuschvoll (von der Lunge) nach oben zieht, um ihn auf die Straße zu spucken.

Lura, Spanner, der nachts im Park Liebespärchen zuguckt.

Luschn, eine Null – wie die »Leeren« beim Kartenspiel.

Lätschat, träge und ohne Biß – das gilt gleichermaßen für Mensch, Trank oder Speise.

M

Magnschoaß, Rülpser. *Des war grad a Magenschoaß, wo den Weg zum Arsch net woaß.*

Magnträtza, was den Magen nur *trätzt* (ärgert), reicht beileibe nicht aus, um einen g'standenen Bayern zu sättigen. *Geh, Resi, bring ma vo dem Magnträtza amoi a anschtändige Portion!*

Mai, mitnichten der Wonnemonat, sondern das Maul. Wer *sei Mai schbaziangehn* läßt, läßt es an dem nötigen Respekt fehlen. Und wer anderen das *Mai ohengt*, mault schlicht und einfach nach.

Malefiz, ein *Malefizkerl* oder *Malefizglump* ist meist ein Mensch oder eine Sache, über die man sich recht aufregen muß. Von lateinisch maleficus: übelhandelnd.

Mandschgal, kleines, unbedeutendes Männlein, das sich gern aufplustert.

Manna, himmlische Speise, die für einen richtigen Bayern ungenießbar ist, vor allem in flüssiger Form. Wie sagt schon sinngemäß Ludwig Thomas »Münchner im Himmel«: *Da balst ma net gehst mit dein Manna. Den kennts eich selba saffa!*

Marie, bluadsaure deftiger Fluch, der sich beispielsweise für den Moment eignet, in dem der Hammer auf dem (Daumen-)Nagel landet.

Maulaff, einer, der neugierig dreinschaut und doch nichts versteht, also *Maulaffn* feilhält.

Mensch, hier nicht *der*, sondern *das* Mensch. Dabei handelt es sich um ein verlottertes weibliches Wesen, früher auch um die Magd, die man eher als geschlechtsneutral ansah.

Mistfink

Mi leckst am Oasch! Ausdruck des blanken Entsetzens nach Erhalt einer schlechten Nachricht.

Mistamsl, halb boshafter, halb anerkennender Ausdruck für ein Weib, das einen ausgeschmiert hat.

Mistfink, meist der eigene Sohn, nachdem er im Sandkasten wieder »Schlammburgbauen« gespielt hat. Manchmal aber auch einer mit einer besonders schmutzigen Phantasie. (Das ist dann natürlich nicht mein Sohn!)

Mistgurgl, weibliches Wesen, aus dessen Gurgel nur böse Redensarten entfleuchen.

Mistviech, auch wenn es paradox klingt: Hier handelt es sich um ein mit allen Wassern gewaschenes weibliches Wesen.

Mol, gscherte primitives, aber aufmuckendes Weib.

Muhackl, Muhakl, grobschlächtiger Kerl ohne Manieren.

N

Niatn, manchmal hält nicht nur die Lotterie, sondern auch das Leben Fehllose bereit. Pech, wer eines gezogen hat. Als Lebensgefährten, beispielsweise.

Nickl, wenig geschätzter Kerl, vermutlich von der alten Münze Nickel.

Noagalzutzla, jemand, der die Reste aus anderen Biergläsern verputzt, muß schon wirklich ein armseliger Wicht sein.

Nocka, wen es überrascht: Auch die berühmten »Salzburger Nockerl« schmecken eher fade, genau wie das weibliche Wesen, das mit diesem Schimpfwort umschrieben wird.

Nodniggl, Geizhals, der weder sich noch anderen etwas gönnt.

Noggn, fade launisches Weib.

Nudldrugga, Korinthenkacker, Krämerseele; leider vollkommen kleinkariert.

O

Oasch, Arsch. Absolutes Allround-Schimpfwort. Unangefochten die Nummer 1 aller »Schimpfologien« der Bundesrepublik Deutschland. Dennoch: Wer dieses monumentale Werk ausgiebig studiert hat, sollte keine Probleme haben schönere Schimpfwörter zu verwenden.

Oaschkriacha, den mag man in jeder Firma.

Oaschloch, in Bayern nicht unbedingt als Schimpfwort gehandelt, sondern zum Wortschatz gehörig wie etwa *Griaß Gott* oder *Mahlzeit!*

Ober-, Oba-, unterstreicht Beschimpfungen jeder Art: *Obaoasch, Obadepp, Obadimpfl, Obagleetzn* und so weiter.

Odl, Odel, Jauche; zu jemandem, der Mundgeruch hat: *Der schtinkt aus'm Mei ois wia Odl!*

Oschiß, das, was der Chef am liebsten erteilt.

P

Patschal, etwas abgemilderte Form von Tolpatsch. Wer eine Patschhand hat – also meist ein Kind – vermag damit in den seltensten Fällen geschickt zu arbeiten.

Peitschn, Dame, die dieselbe zu schwingen versteht. Allerdings – und das muß man ihr zugute halten – kann sie auch mit Zuckerbrot umgehen.

Pfiati God, scheene Gegend, gemäßigter Ausdruck für *Mi leckst am Oasch!*

Pfiffkas, Pfifferling und Käse daherreden – also lauter dummes Zeug.

Pflanz, Lügen. *Wuist mi pflanzn?* Willst du mich anschwindeln?

Pfloutschn, vom Begriff »Charme« hat diese (meist mehr als vollschlanke) Dame noch nie im Leben etwas gehört – und sie wird es auch wohl nicht mehr begreifen.

Plärrhafa, einer, der sein Maul reichlich weit aufreißt – und heraus kommt doch nur hohles Zeug.

Plattnsimmal, dieser Herr trägt seinen Scheitel reichlich breit, sozusagen von Ohr zu Ohr.

Plempe, ganz allgemein: wertloses Zeug; und speziell: wertloses, weil abgestandenes Bier.

Potschambal, Nachttopf, von französisch: pot à chambre. Gern als Beleidigung für seltsam anmutende Hüte verwendet.

Potschambalschnitt, Frisur, als hätte der Friseur einem ein Potschambal über den Kopf gestülpt. Neudeutsch: Popper-Frisur.

Preißnhoibe, einer der weitaus größten Rückschritte bayerischer Kultur: die Reduzierung der Halben Bier zu 0,4 Liter — wobei der Preis jedoch für 0,5 Liter berechnet wird. Auch so eine neumodische preußische Erfindung …

Proz, je nach Belieben kann sich der so Gescholtene als Kröte oder tierisch angeberischer Kerl angesprochen fühlen.

Prozeß-Hansl, der Streit an sich ist diesem Menschen Lebenselexier — am liebsten vor Gericht, und durch mehrere Instanzen.

Potschambal

Q

Quacksalba, Dialog zweier Patienten im Krankenhaus: *A Oparation soi a mach'n, hat ma dem Quacksalba g'sagt. Und was hat a g'macht: a Obduktion!*

Quadrat-, diffamierende Vorsilbe für alles zu groß Geratene. Hier ein paar Beispiele:

Quadratlatschn, sperrige Riesenfüße ab etwa Schuhgröße 45. *Dua deine Quadratlatschn zur Seitn, ma hat ja gar koan Platz net!*

Quadratoasch, besonders ausladende Gesäßform, eignet sich hervorragend zum Ausharren in bestimmten politischen Positionen.

Quadratratschn, wer einer solchen morgens im Treppenhaus begegnet, sollte nach Möglichkeit nicht einmal grüßen. Sonst steht er noch bis zum Abend da und muß sich das Neueste aus der Nachbarschaft anhören.

Quadratschädl, wie alles »Quadratige« reichlich groß geraten. Daher in den meisten Fällen auch besonders stur und unangenehm.

Quartalsäufa, säuft nur einmal im Quartal – und zwar ständig.

Quecksuiba, jemand, der nicht in eine Form zu pressen und daher nervtötend ist, ein Mensch ohne Heimat, der andere nervös macht.

Quengla, fällt einem ziemlich auf die Nerven. Kommt besonders häufig in Form von Kindern vor.

Querschädl, wer dauernd gegen den Strom schwimmt, kann manchmal ganz schön anecken.

Quoin, wie eine Qualle: Aufgeblasen, lästig, schmerzhaft.

R

Ramme, gscherta rücksichtsloser, dummer Mensch mit unangenehmem Äußeren.

Rand, zorniger Befehl, den Mund zu halten: *Hoit dein Rand!*

Ranzn, dicker Bauch. *Du hast da an saubaran Ranzn ogfressn!* Aber auch bösartig für Mund. *Hoit dein Ranzn!*

Ratschkathl, Ratschn, Ratschweib, jemand, der gern (und nervig) Kommunikation betreibt.

Rehrbeidl, Heulsuse.

Reigschmeckta, Neigschmeckta, es gibt Leute, die kosten nur mal eben von etwas — und tun dann so, als hätten sie die Speise selber zubereitet. Kurz und gut: absolut überhaupt keine Ahnung haben, aber das Maul aufreißen.

Riape, Ellbogenmensch.

Rindviech, davon gibt es jede Menge — vermutlich mehr zwei- als vierbeinige.

Rooz, Rotz, herablassend für Zeug. *Kümmer di um dein eigenen Rooz!*

Roozbibbn, Rotznase. Die ist vor allem vorlauten kleinen Mädchen zu eigen …

Rotzbua, Rotzdegl, ...oder vorlauten kleinen Buben.

Rotzleffe, Rotzlöffe, Rotzbua, den man an den Ohren (Löffeln) ziehen kann.

Rüabbe, Rüappe, Grobian, Rüpel, Ableitung der Namen Rupert beziehungsweise Rupprecht.

Ruach, hartherziger, knauseriger Mensch beziehungsweise dessen Eigenschaft.

Ruam, grobe Person. *Du gscherte Ruam!* Ursprünglich Rübe.

Ruaschn, eine Art bayerischer Donald Duck: hektisch, übereifrig und dabei immer auf die Nase fallend. Ursprünglich *rueschen:* ungestüme Bewegungen machen.

Rüaßl, in Bayern nicht nur das Mundwerkzeug des Elefanten, sondern auch vieler Mitbürger. *Hoit dein Rüaßl!*

Rutschn, nicht mehr ganz taufrische weibliche Person, die durch irgendwelches Benehmen unangenehm auffällt. *Schleich di, oide Rutschn!*

Rüaßl

S

Sakrament, ehe ein Bayer diesen Fluch gebraucht, muß es für ihn doch ganz schön weit gekommen sein. Da dieser Volksstamm es sich in der Regel mit allem, was mit der Kirche zu tun hat, nicht gern verdirbt, ist man im gottesfürchtigen Bayernland mit Flüchen, die ernsthafte religiöse Begriffe beinhalten, lieber vorsichtig. Daher haben sich eine Menge Ersatz-Flüche eingebürgert. Gleiches gilt zum Beispiel auch für *Kruzifix. Saxndi, Sakradi, Sacklzement, Sakrawoit, Sappra, Sappradi, Sappralot, Sapprament, Sapprawoit*, sind zum Beispiel Ersatzausdrücke für *Sakrament*.

Sakramenta, halb Schimpfwort, halb anerkennender Begriff für jemanden, der einen ärgert, dabei aber durchaus raffiniert vorgeht.

Sargnagl, dieser bringt einen dem letzten Stündlein näher. *Du bist no amoi mei Sargnagl!* Wird oft auch für Zigaretten benutzt.

Sau, sowas wie eine Oberwutz.

Saubande, Pack. Karl Valentin verwandte diesen Fluch als Schlußwort in seinem berühmten Telefonsketch vom »Buchbinder Wannninger« — mit dem verbitterten Zusatz: *Saubande, dreckate!*

Saufaus, einer, der beim besten Willen keinem Tropfen Alkohol widerstehen kann.

Saufraß, Kochkunst, die nicht gerade preisgekrönt wurde.

Saufratz, ungezogenes Kind.

Saukerl, ausgeschämtes Mannsbild.

Saukopf, Steigerung von Saukerl.

Saumagn, Würschtl mit Pommfritz, Eis, Cola, Bier, Tortn, Schweinsbratn mit Knödl, Schoklaad — wer all das in dieser Reihenfolge verträgt, ohne *zum schpeibn*, der hat einen ebensolchen.

Saupreiß, alles Menschliche, was man nicht liebt, vor allem, wenn es norddeutschen Dialekt spricht. Unser natürliches Feindbild: »Das Hamburger Schimpfwörterbuch«, (leider) erschienen im gleichen Verlag. Steigerung *Saupreiß, japanischa!* Siehe auch: Breiß.

Sauschtoi, nicht nur der Ort, an dem Schweine ihren Alltag verbringen, sondern auch die Bezeichnung für einen chaotischen Zustand schlechthin — ob es sich um den politischen Saustall im Stadtrat oder Ministerium handelt, ob um den, welchen Kinder in ihrem Zimmer hinterlassen, oder um den im Verhältnis zwischen Vorgesetzten und Untergebenen. Aber das ist alles eine Frage des eigenen Standortes.

Sauviech, jede Art von Tier, das einen ärgert. *De Katz is a rechts Sauviech, jetz hat's scho wieda den Bluamatopf awigschmissn!*

Sauweda, zum Glück im schönen sonnigen Bayernland eine Seltenheit.

Schachtl, jedes nicht sehr sympathische weibliche Wesen. *So a oide Schachtl!*

Schafskopf, Dummkopf, meist aber nicht allzu hart gemeint. Im übrigen nicht zu verwechseln mit dem beliebten bayerischen Kartenspiel *Schafkopf.*

Schafszipfe, hat in etwa dieselbe Bedeutung wie Schafskopf.

Schäin, Ohrfeige. *Magst a Schäin?*

Scharteka, ältere Dame, die sich dümmlich anstellt und nicht gerade im hohen Ansehen der Allgemeinheit steht. Ursprünglich altes Buch.

Schatuin, alte Schachtel. Von Schatulle.

Schdeffe, Mensch ohne Manieren, Stoffel.

Schdeftn, junger Bursche, der nichts kann, aber trotzdem das Maul weit aufreißt.

Schdrietzi, er nimmt das Leben leicht, hat beim weiblichen Geschlecht gute Chancen, aber aufgrund seiner oberflächlichen Art, die nur auf ihren Vorteil bedacht ist, besitzt er keine echten Freunde.

Scheesn, altes, böses Weib.

Scheibn, vornehmer Ausdruck für *Quadroatarsch.*

Scheicha, Vogelscheuche.

Scheißdrek, absolut nichts wert, uninteressant. *Dees geht di an Scheißdrek o!*

Scheißglump, etwas, das nicht *ums Varreckn* funktionieren will.

Scheißkerl, Feigling.

Scherbn, Scherm, heruntergekommenes Weib.

Schewakistn, Auto jenseits der TÜV-Grenze.

Schewan, weibliches Wesen, das wenig Liebenswertes an sich hat. Steigerung: *Oide Schewan*

Schiaba, Betrüger, der Schiebungen macht.

Schiaßn, oide eine Dame klar jenseits der besseren Jahre, mit der man nicht einmal platonisch in näheren Kontakt kommen will.

Schicks, eine der ärgsten Beleidigungen für ein Mädchen. Es wird damit einem »leichten« Mädchen gleichgestellt. Von Hebräisch »schekez«: verabscheuungswürdig.

Schindakarrn, früher der Karren des Henkers, auf dem der Delinquent abtransportiert wurde, heute schlicht und einfach ein übles Auto.

Schluri

Schindluada, wer mit einem *Schindluada* treibt, behandelt ihn wie den zum Tode Verurteilten, der dem Henker übergeben wurde: Man macht mit ihm, was man will.

Schiß, Angst, das was beim Scheißen herauskommt.

Schlampn, Schlambampn, schlampiges, heruntergekommenes weibliches Wesen.

Schlankal, kleiner Gauner.

Schlappschwanz, wer die Rute hängen läßt, ist zu nichts mehr zu gebrauchen.

Schlauchal, Klugscheißer.

Schlaudaaff, Kindskopf, mit dem man nichts Rechtes anfangen kann.

Schlaumeia, eigentlich einer, der durchblickt. Doch meist ist dieser Begriff ironisch gemeint — und dann bedeutet er genau das Gegenteil: einen hohlköpfigen Besserwisser.

Schlawack, hinterlistiger Mensch; von Slowake.

Schlawuzi, seine Geschäfte sind nicht ganz geheuer und auch wenn er nett ist: Man sollte diesem Menschen nicht über den Weg trauen.

Schleeg, eine Tracht Prügel. *Jetz gibts glei a paar Trumm Schleeg!*

Schleimscheißa, Arschkriecher.

Schliafa, Opportunist.

Schliddn, weibliches, aufgetakeltes Wesen, das — bei Tageslicht betrachtet — wenig hermacht.

Schlofzipfe, Langschläfer, der den warmen Bettzipfel nicht losläßt.

Schluri, gerissener Typ, Schlitzohr.

Schmarra, einer, der nur *Schmarrn* produziert, also dummes Zeug redet.

Schmarrn, dummes Gerede. Ursprünglich Armeleute-Mehlspeise aus Pfannkuchen, Kartoffel- oder Semmelteig. Mit Apfelmus und Zimt eines der Lieblingsgerichte des Autoren — dann heißt es »Kaiserschmarrn«.

Schmarrnkiwe, wie *Schmarra*.

Schmerbauch, unästhetisch angefressener Bauch; Schmer ist ein anderes Wort für Fett.

Schmierasch, schmieriges, ekliges Zeug, speziell schlechte Schrift, die man nicht lesen kann. Deswegen wurde dieses Buch mit Hilfe des Computers verfaßt.

Schmoigoaß, dürre, unattraktive Frau.

Schmoizrüaßl, herablassend für Mund.

Schnadan, schnatternder Mund wie bei den Gänsen der Schnabel. Auch hier: *Hoit dei Schnadan!*

Schnaiza, Feigling.

Schnapsa, Versager, der vermutlich zu tief ins Glas geschaut hat. Auch Gefreiter beim Militär.

Schnoin, Nutte.

Schnointreiba, Zuhälter.

Schnuatn, verächtlicher Ausdruck für Mund. Auch beleidigte Miene.

Schnundnickl, unangenehmer Händler, der um jeden Pfennig feilscht und mit dem wirklich kein gutes Geschäft zu machen ist.

Schoaß, Furz, Nichts. *Koan Schoaß gib i dir dafür!*

Schoaßtromme, einer, der dauernd Blähungen hat. Darüber hinaus auch reichlich bösartiges Wort für ungeschickt auftretendes Weib.

Schpoznhirn, ist nicht nur vom Umfang, sondern auch von der Aufnahmekapazität her reichlich klein geraten.

Schraubn, unattraktives, aber großspuriges Weib. Von Schraube.

Schraubndampfa, Walküre, ab ca. 90 Kilogramm.

Schreckschraubn, Steigerung von *Schraubn.*

Schreibaling, Journalist, der es mit der Wahrheitsliebe nicht so genau nimmt.

Schroamaul, Großschwätzer.

Schtreithamme, streitsüchtige Person.

Schuidibleiba, dem sollte man besser kein Geld leihen. Er begleicht nämlich seine Schulden nicht.

Schweinigl, unangenehmer Zotenreißer, von Schwein-Nickl, kleiner Kerl.

Seckl, mit diesem faden Typen muß man sich nicht länger auseinandersetzen; von Sack.

Seftl, auch der ist nicht ernst zu nehmen; von Saft.

Seich, seichtes, flaches Dahergerede.

Siach, Dummkopf.

Simandl, Tollpatsch, auch Pantoffelheld; kommt vom Vornamen Simon.

Simmal, wie *Simandl.*

Soach, Urin.

Soacha, Abschaum der Menschheit.

Soafasieda, Idiot, Blödmann. Der Schnellspanner von der Firma Langsam.

Sogga, Trottel.

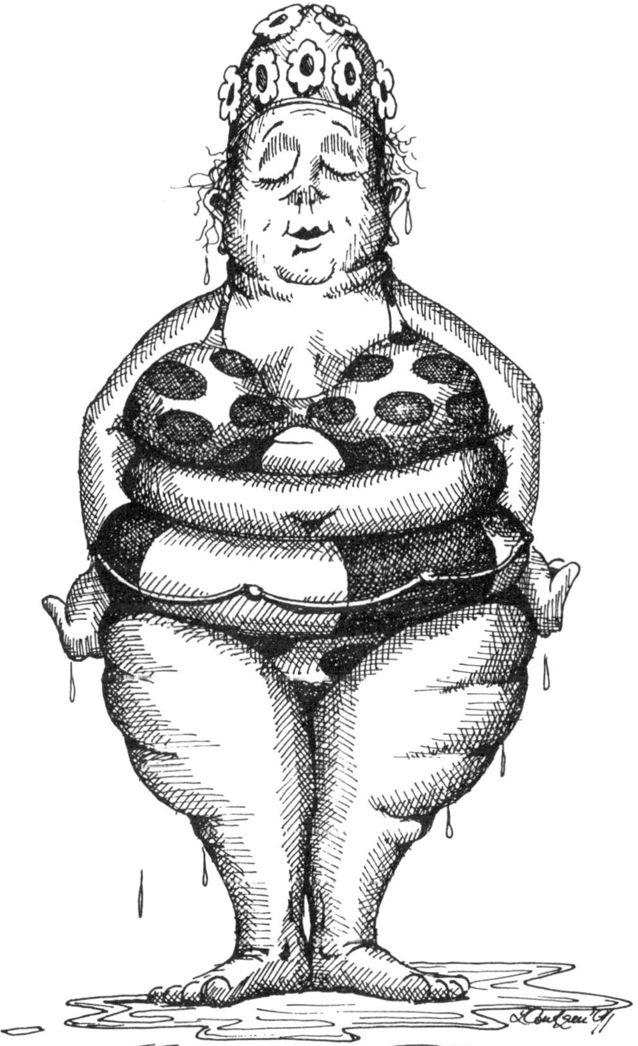

Spekschwartn

Soiznega, Spätzünder, vor allem, wenn es ums Kapieren geht. Der Ursprung der Verbindung Salz und Neger liegt im Dunklen.

Sonnabruada, einer, der dem »dolce vita« frönt und für den Arbeit in die Rubrik »Fremdwörter« gehört.

Spekschwartn, Rettungsringe um die Hüfte.

Spinatara, Homosexueller.

Spinatwachtl, es ist ja schon peinlich, wie dieses Weib sich benimmt und herrichtet.

Spitala, ist eigentlich geistig und körperlich längst reif fürs Altersheim.

Springingal, Hans-dampf-in-allen-Gassen, auf den ist kein Verlaß.

Spruchbeitl, Angeber.

Stampfa, mit diesen Beinen ist keine Schönheitskonkurrenz zu gewinnen, höchstens beim Elefantenballett.

Stiabeitl, überaus gemeiner Kerl, von Stierhoden.

Stingl, Faulpelz, der wie ein Stengel nutzlos in der Gegend herumsteht.

Stockfisch, der ist in seiner Langweiligkeit nicht gerade zum Partyhelden geschaffen.

Stoiratz, jemand, den man absolut nicht schätzt, aus welchen Gründen auch immer: Stallratte.

Streithamme, reichlich streitsüchtiger Zeitgenosse.

Striezi, leichtlebiger junger Mann, der gern andere für sich arbeiten läßt — vor allem Mädchen. Die müssen dann alles Mögliche anschaffen gehen ...

T

Tagdiab, Faulpelz, der die Tage stiehlt.

Tappara, der sieht mit den Fingern und nicht mit den Augen — am liebsten alle Arten von weiblichen Rundungen.

Tatschla, wie *Tappara.*

Taubnschlag, Zugang zur Hose, vermutlich, weil sich der bei manchen Männern so oft öffnet und schließt wie bei einem Taubenschlag. *Dei Taubnschlag steht offn!*

Tiakl, besonders wildes und zum Fürchten gefährliches Mannsbild.

Trampe, nicht gerade ein herausragend feinfühliges weibliches Wesen.

Tratschn, Ratschweib.

Treantschn, mißmutiges Weib.

Trietschla, eine Person, die einfach nicht zu Potte kommt.

Tschoppal, einfältige Person.

U

Ufurm, junger Mann, dessen Erziehung außer Form geraten ist.

Uhu, greißlicha ziemlich unattraktives männliches Wesen.

Umstandskrama, einer, der nicht auf den Punkt kommt, sondern höchst umständlich handelt.

Urschl, gschlampate unordentliche, unbegabte Hausfrau.

V

Vagoida, Homosexueller.

Vakloghafal, Zuträger, Verräter.

Viech, Sonderling, der sich nun wirklich nicht zu benehmen weiß.

Voidepp, Volldepp – eine Beleidigung, die adelt. Denn wer so bezichtigt wird, muß schon ganz besonders blöd sein.

Voiidiot, vor allem im Straßenverkehr zu findendes Parallel-Exemplar des Volldeppen. Diese Spezies begegnet einem laufend. Egal, ob Autobahn, Bundesstraße oder Nebenstraße 3. Ordnung.

W

Wagscheidl, bsuffans Trunkenbold, der seine sicherlich nicht vorhandene Kinderstube auch noch vergessen hat.

Warma, Homosexueller.

Waschl, Tolpatsch.

Waschlappn, Mannsbild, das unter dem Pantoffel (seiner Frau, seines Chefs und so weiter) steht.

Watschnbaam, wenn der umfällt, setzt es Prügel.

Watschngsicht, ein Gesicht, das dermaßen unsympathisch ist, daß es einen richtiggehend reizt, es mit *Watschn* einzudecken.

Wedahex, altes, zerfurchtes Weib.

Wiesena, Fiesling, Zuhälter.

Wimmal, lästigs aufdringliches Wesen, das immer wieder mit demselben Anliegen auf einen zukommt, wie ein Pickel, der immer wiederkehrt.

Wimmalgsicht, Pickelgesicht — auch im übertragenen Sinn. Der Begriff kommt zum Beispiel zur Anwendung, wenn jemand noch reichlich unreif dreinschaut.

Windbeitl, auf den ist wenig Verlaß. Er klopft zwar gern große Sprüche, doch sie entpuppen sich fast immer als heiße Luft.

Wixa, ein ganz armer Wicht, dem nichts anderes übrig bleibt, als die Dinge selbst in die Hand zu nehmen. Auch Angeber. Kommt von der Handbewegung, die beim Schuheputzen und Onanieren ziemlich ähnlich ist. Wichs ist auch ein älterer Ausdruck für die vornehme Kleidung.

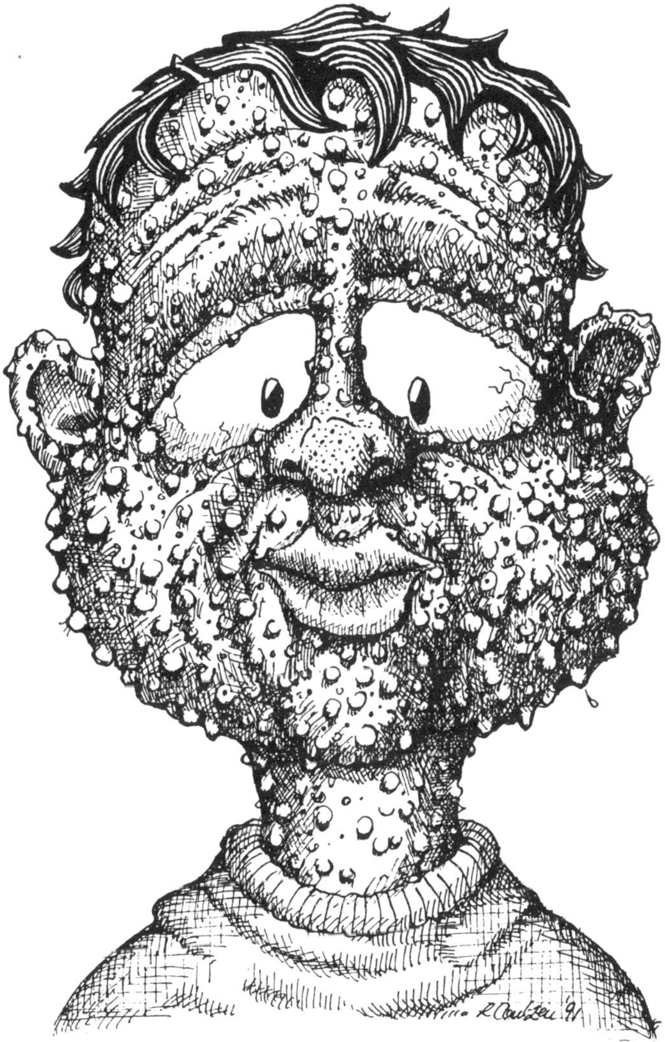

Wimmalgsicht

Wuidsau, wer wie eine solche durch die Lande läuft, gehört zur Gattung der besonders rücksichtslosen und schlampigen Menschen.

Wuisla, einer, der ständig winselt, jammert und sich zur allgemeinen Belästigung ununterbrochen über das Leben im allgemeinen und besonderen beklagt.

Wurzn, Frau ohne die rechte Lebensart.

X

Xare, Verballhornung des Namens Xaver, klingt wie alle Abkürzungen dieser Art gröber, als sie gemeint ist.

Xef, untrinkbares Getränk, Gesöff.

Xide, Einfaltspinsel. Ihm verdanken wir ein weiteres Schimpfwort unter X.

Y

Yellowpress, die sogenannte Regenbogenpresse, die auch in Bayern (heimlich) gern gelesen und mindestens genauso gern (unheimlich) verdammt wird, obwohl wir sie alle gern haben, wir von Monaco (München) und dem sonstigen *Tschätset.* (Schon allein deshalb, weil uns auf diese Weise ein höchst originelles bayerisches Schimpfwort unter Y beschert wird!)

Z

Zahnaniggl, Heulsuse.

Zapfa, eine Dame, die einem Zapfen ähnelt, hat vermutlich auf keinem Gebiet besonders viel zu bieten. Denn ein Zapfen sieht von allen Seiten vollkommen gleich aus.

Zeacha, extrem unansehnliches weibliches Wesen. Es gleicht der großen Zehe.

Zeck, aufdringlicher Mensch, der sich nicht abschütteln läßt. Lästig wie die niedlichen beißenden kleinen Waldtierchen.

Zefix, abgemilderte Kurzform des international bekannten Fluches *Kruzifix.* Wird relativ häufig gebraucht und gehört sicherlich in die Top 10 der bayerischen Schimpfwörter.

Zenz, aufdackelte aus diesen Worten spricht der pure Neid der Besitzlosen. Denn nur selten erträgt es eine schöne Frau, wenn eine andere sich besser herrichtet als sie selbst. *Zenz* ist die Kurzform des Vornamens Kreszenzia.

Ziefan, böse Frau, mit der man nicht zusammenleben kann.

Zigrettnbürschal, unausgereifter junger Bursch, der zwar recht erwachsen tut, aber vermutlich beim Rauchen noch in die Hose macht.

Zipfe, Tollpatsch oder Dummkopf, aber auch geringschätziger Begriff für Penis.

Zigrettnbürschal

Zöitn, fader Mensch. Er ist der Party-Killer — ein Toplangweiler.

Zornigl, jähzorniger Mensch.

Zuchtl, Weibsperson von niederem Niveau. Ursprünglich Zuchtschwein.

Zupfl, oide sie erfreut sich nun wirklich nicht enormer Beliebtheit.

Zwetschgnmandl, kleines harmloses und vollkommen unscheinbares Männchen.

Zwidawurzn, Kotzbrocken beiderlei Geschlechts. Dieser Mensch ist sich selbst zuwider, zieht es aber vor, seine Mitmenschen mit seinem traurigen Anblick zu traktieren.

Die Weihnachtsgeschichte auf bayerisch

von MEINRAD SPINNER

In diesem schönen Band wird die Weihnachtsgeschichte nach Lukas und nach Matthäus in Mundart erzählt.

16 Seiten, mit Abbildungen, 6,00 €

ANTOINE DE SAINT-EXUPÉRY

Da klao Prinz

Boarisch

Mit de Böidl vom Vofasser

Ausn Franzesischen iwertrogn von MEINRAD SPINNER

BAND 6: BOARISCH

Es is so wos Geheimnisvois, dees Tränenland.

96 Seiten, gebunden, 13,50 €

W. GERL und SAUGLOCKNLÄUTN

Das Wiesn-ABC

Ein satirisch-literarisches Oktoberfest-Lexikon

Mit einem Vorwort von OTTFRIED FISCHER

Die humorvolle Informationsquelle für alle Bayern, Touristen und Preußen

80 Seiten, mit Zeichnungen, 8,00 €

WOLFGANG AMMER

Bayerische Vampire

Mundartliches überwiegend heiter

64 Seiten, geb., mit Zeichnungen, 10,00 €